自画像

Rieko Naganuma

長沼利恵子句集

ふらんす堂

自画像＊目次

挿画・著者

句集

自画像

青蘆原

平成十二年〜十六年

人垣を畦に乗せたるどんどかな

田面の輝いてゐる焼嗅し

まんさくのひかりの枝を折りにけり

白菖蒲よりひろがれる花の揺れ

胆嚢の無くて衣をかへにけり

島じまの昏れきらぬなり湯引き鱧

盆魂を余さず帰す月の波

藤の実の棚を離れて太りけり

日展の十九室に長居かな

杉山に時雨来てゐる有馬筆

びしよぬれの雪達磨ある雪の上

大股に歩きて寒と別れけり

日の差して片栗山となりにけり

長き緒を曳きたる蓮の浮き葉かな

弾みては水輪の芯のあめんぼう

涼風に置く関戸本古今集

地車に乗つて役目のなかりけり

折紙の勲章を下げ生身魂

黒松のかうかうとある雁渡し

急ぐこともうなくなりぬ石蕗の花

音のあるところ光りて冬泉

大き葉をかかげて五月来たりけり

松風の音をたてたる夏蚕かな

身の軽き浮き苗挿しの罷り出て

剪りしより七夕竹となりにけり

眠りゐる顔の険しき生身魂

ひとしぐれ過ぎたる松を仰ぎけり

白薔薇に霜のひかりといへるもの

ひと眺めして外さるる古暦

おろおろと蜷の歩きし道ならむ

ゆがむとはやさしきかたち茅の輪立つ

ごつごつと押し開きたる神輿蔵

片蔭をはみ出してゐる半被かな

月のあるところに掛けて青簾

赤梨の日当りすぎし歪みなる
きらきらと小鳥の沈む花野かな

梟の声のむかしも膝抱いて
止まりたる父の時計も冬深む

喪ごころは怠りごころ風花す

藪椿白玉椿花御堂

盛り上がる他なき砂の雨虎

遊び鳴きして鶯の夏に入る

和を以つて貴しと枇杷啜るなり

青蘆原　一八句

岩盤の赤あかと立つ雪解風

落葉松の直幹に春兆しけり

一枚の代田に人の集まりて

石段はまだまだつづく山法師

食草も毒草も摘み夏野原

先頭に老人のゐる螢狩

ほうたるを呼ぶてのひらの大きくて

海風を平らに受けて梅雨の鳶

波消のなかの波音夏の月

殺生の砂浜を行く跣足かな

浜木綿や潮のいろの網広げ

山々は秩父霊場夏がすみ

石垣の高きをたのむ栗の花

暁や三光鳥の鳴くばかり

揺れ残る青蘆原のひとところ

青蘆の風に遅れて靡きけり

一掬の泉の音を聞き洩らさず

茶畑の刈り込み強き旱星

新豆腐掬ひて遠き山河あり

萩刈つて日月あたらしくなりぬ

父の忌を二日過ぎたる枇杷の花

夕千鳥しきりに鳴いて父の海

水飲んで肝胆なごむ霜夜かな

花筵

平成十七年〜二十年

涅槃図に太平の時流れをり

ひと巡りして紅梅に戻りけり

転げたる栄螺は暇を持てあまし
ちちははの坐つてをりぬ花筵

松蟬の鳴きはじめたる忌明けかな

暁の光に湧きて岩つばめ

どこをどう割つても青し帚草

短冊の一枚白き星まつり

流星の尾の響きたる海の上
満月のなかより蜘蛛の降りて来て

帚木も万朶の露もまくれなゐ
鰤をほどけば夜のたちにけり

蜂の子を食べて賢くなりにけり

牡丹樗持たされて時濃かりけり

赤星の俄かに近し年用意

屋根葺きの男の長き命綱

三輪山の頂き昏し桃の花

雲中をしばらく歩くさくらかな

うらおもてなき形代を手に置きぬ

大き手を差し出されたる波郷の忌

墨痕のよき一幅と冬籠

福笹にとんできたりし杵の音

まつさらな雲に掛けたる雲雀籠

黄心樹の花踏む熊野詣かな

よき声の鳥近ぢかと伊勢参り

濡れてゐる誕生仏をぬらしけり

手つかずの一日ありけり青林檎

重き音して芋車動き出す

父の忌の牡蠣雑炊を噴きこぼし

星数の俄かに増ゆる薬喰

まん中に鼻のありたる初鏡

さざ波に光が乗つて上巳かな

ひびかせて解く大寺の雪囲

さざ波にとり囲まるる浅蜊籠

鳶の輪の上の鳶の輪祭来る

形代に膚の湿りのありにけり

ぬれてゐる真菰の束や盆の月

萩刈つて鳥海山を近くせり

野葡萄を食ふ老臭の消ゆるまで
はらごを引き出す膝をつきにけり

棒稲架は男の背丈整列す

ひとつづつ込み合つてゐる吊し柿

象潟の松の傾ぎも暮れ早し

白鳥の夕べの声の最上川

甲斐犬を添はせて歩く冬の月

丸ひとつ大きく描いて春を待つ

天の川

平成二十一年〜二十五年

光りゐるところが海や初霞

七草のたのしき数を摘みためて

関節のひとつが狂ひ蜃気楼

松明の青あを揃ひお水取

春満月若草山を出でにけり

遍路杖しばらく借りる山ざくら

うづしほに吞みこまれたる夢二つ
持ち歩く魔法の杖やみどりさす

ひろげたる指のさびしき青葉木菟

葉ざくらや五六歩に杖休ませて

玉虫の青臭き香をもてあそび
骨こつと鳴らせば近し天の川

露の身を草にあづけて異郷なる

壊死の足上げて下ろして夜の長き

無花果を透明に煮て信じあふ

吾が病めば夫の病みゐる冬椿

身に籠る言葉ばかりや枇杷の花

毛糸帽かぶりて生まれ変りけり

立つて飲む骨の薬や寒茜

青竹の一束を置く池普請

春雪を汚さず歩く預血かな

花冷の自己採血の袋かな

森に点くひとつ灯りや走り梅雨

声出して己励ます更衣

明易のベッドに沈め無我の顔
養生はひたすら歩く青田風

ひろびろと雨降つてゐる燕の子

軋ませて立つ座す歩く日雷

仰臥にも時流れけり旱星

もどかしき歩幅に韮の花咲いて

定款の文字の詰まりし秋暑かな

折り鶴の乗つて来たりし秋扇

膕に力のもどる赤のまま

秋の翳電子辞書より声の出て

父の世の空の広さや鷹渡る

身障者手帳は重し天の川

水底に沈む日向や神の留守

白菜に塩ふつてこと終りけり

付添ひの夫の真赤な冬のシャツ

紙箱の内側白き湯ざめかな

空白の三十日の古日記

探梅の青空を見しばかりなる

初天神開運蕎麦が熱く出て

いつぱいに日当る達磨買ひにけり

仏足に双手を当てて春近し

二十歩に抜けて紅梅浄土かな

吊雛の一連増えて合格す

四五日を吹き貫く風や実朝忌

うぐひすの頭上に鳴いて母の墓

揚雲雀大極殿の峙だちて

大極殿前の四つ葉のクローバー

風鐸に天平の音草萌ゆる

病み抜けて矢車草の二番咲き

近ぢかと夫の鼻梁や夏の月

真直ぐに雨降る夏の別れかな
枝豆を飛ばして予後の話など

葛の花踏んで戻らぬ月日かな

まつはれるものなにもなし今日の月

脚注の細かき文字や火恋し

千畳敷カールに打つて威銃

まつくろな大日如来木の実降る

一日の端余りたるおでん鍋

股引をはき怖きものの世にあらず
目張りして一つ覚えの回文歌

片歌も歌謡も問はれ草萌ゆる
まつしろな鯉の沈める上巳かな

まんばうを食ひ菜の花を食ひにけり

三角縁神獣鏡の日永かな

おもむろに開く障子や花見舟
ころがされつくして雨のあめふらし

玉虫厨子のあたりの春の闇
着ることのなき羅を肩に掛け

朝顔市入谷の町を少し見て
黒ぐろと藻屑の乾く盆支度

菊芋の靡きどほしの魂送り

翅立てて蝶の集まる秋の水

落鮎の面構へなる串の先

松籟と違ふ風音冬支度

古書市を通り抜けたるアノラック

冬鳥や読んでは忘れ方丈記

鮟鱇の箱の形に身を置いて
栂尾の廊を借りたる日向ぼこ

やかなけり今も信じて薺打つ

声悪しき鳥の騒げる氷餅

やはらかき草踏んで立つどんどかな

病窓を一寸開く鬼やらひ

源氏絵の几帳が青し春の雪

富士よりも静かな雉子の歩みかな

鶯餅抓みあげれば歌ひさう

あをあをと葱苗乾く一束ね

人よりも海の親しき夕端居

紅花を逆さに吊つて無聊かな

新しき道の匂ひや小鳥来る

菊酒や徒食の指のしろじろと

山に手をついて拾へる鬼胡桃

起震車にテーブル一つ日短か

恵庭岳

平成二十六年〜三十年

家系図を展げてゐたる三日かな

展かるる紅白梅図梅の里

紅梅に迎へられたる試験かな

われにある学生番号草萌ゆる

幾度も音を聞いたる種袋

ビーナスに海の汚れや月日貝

遅き日や東京駅の群雀

しやぼん玉消えたる空に飛ばしけり

息吸つて朧が胸に溜まりけり

薫風やキトラ古墳の天文図

蛸壺のころがる島の大鳥居
形代の男には袖長からむ

吾が息に形代の胸膨らめり

他人が食ふ山法師の実我も食ふ

コンビニの床の眩しき厄日かな

阿と言へば吽と答へる冬籠

寒林の向かう明るきこぎん刺

凍蝶の翅伏せて聞く空の音

動かざる唇うすし寒昴

残されて臘梅の下たもとほり

どんど餅ひとつが炎上げにけり

鳥帰るてのひらほどの土佐日記

アクセント辞典の上の夏蜜柑

麦笛も鳩笛もまた遙かなる

椎の花一途に匂ふ夜の神事

真夜中の蠅虎のよく跳んで

玉葱を吊し狷介通しけり

もぢずりの千本の花黙祷す

赤紙の永久保存蟇

旱星神事の湯釜たぎりけり

昆虫は左右対称夏休み

熊手売り熊手の上に顔出して

狸汁食ふや一村うすあかり

函を出て鶯笛の鳴きにけり

地震予知警報の鳴るオキザリス

依代に小賀玉の花こぼれけり

黒蟻を避けてよろめく神詣

遠く来て小鯛の鮨をつまみけり

紙魚の棲む歌仙一巻拝しけり

松よりも砂濡れてゐる半夏生

播州の雲の赤さや穴子飯

鈴虫の鳴くや洛中洛外図

ましろなる鯨の骨や小鳥来る

老斑に触れて秋の蚊鳴きにけり

くれなゐは異国の香り秋のばら
穭田の真ん中一の鳥居かな

物を問ふ言葉ばかりや枇杷の花

はこべらのみどりにあふれ七日粥

侘助の二つひらきて師の忌日

恋猫に輪ゴム鉄砲飛ばしけり

武士の世を見て来し雛飾りたる

眼張釣るおのころ島の岩間かな

大仏の胎内に立つはなふぶき

一杯の熱き茶を待つ遍路かな

巻貝の内の火色や麦の秋

十人に見らるる草矢放ちけり

四万十の鮎の苦さも身養ひ

ＡＥＤ戸口に備へ蟬時雨

ゆがみゐる所を称へ黒南瓜

衣被さてここいらで歌はうか

恵庭岳　九句

ただならぬ夕焼雲や雁を待つ

夕焼の空に湧き出て雁の声

落雁のまだ鳴きやまぬ沼あかり

秋茱萸の渋くてみんな笑ひけり

ぬれてゐる獣の糞や豆ぼつち
薄荷油のひと噴きに山澄みにけり

やちだもの透きとほりたる黄葉かな

露霜を踏んでまぶしき恵庭岳

しらかばの梢が鳴つて寒さくる
電飾をくぐり抜けたる風邪心地

何もなき碁盤の上の淑気かな

つくしんぼ出るぞと見れば出でにけり

ひと筋の点字ブロック鳥雲に
寝返りを打ちても他郷ほととぎす

いちめんに空の焼けゐる魂送り
からすうりマチスの赤を貰ひけり

仏手柑の一指が跳ねて海青し

霜の声聞かむと眼ひらきけり

紅梅浄土

平成三十一年〜令和四年

猿曳のあどけなき顔向けにけり

白鳥の呼べば寄りくる仁喜の忌

琅玕の水を割つたるかいつぶり

自画像の少し若やぐ春隣

だまし絵に一歩近づく毛糸帽

水晶の六角柱状春寒し

うぐひすの声の下まで歩かうか

種芋のまだ濡れてゐる勝手口

筆巻に絵筆四五本凌霄花

せっちゃんと呼び慣はして敬老日

葉生姜と一つ袋に水ゑのぐ

秋麗のレプリカにして瓢鮎図

塔頭や二つ大きな返り花

起き上がり小法師が並ぶ初雀

先生に寒紅梅の二三輪

蓬摘む大地に膝をとんと突き

葉桜の中に身を置く読み聞かせ

黒南風や剝落すすむ曼荼羅図

水盤の芋に添はせる那智の石

東京水ボトルに入れて暑に耐ふる

秋蟬の一つ激しき北の空

さはさはと紅葉濃くなる天狗山

紙を裂く音いつまでも虫すだく

うつむけば赤詰草の返り花

俳句手帳病状日記となりて果つ

体幹を起して歩け年の市

スケボーの平らに走る恵方かな

山裾に人影動く四温かな

一途なる寒の土筆のうすみどり

癒えよとて有楽椿の花の数

スクランブルエッグの匂ふ朝寝かな

じやんけんに勝つて筍貰ひけり

墨すつて書かざる文や茱萸の花

矢車草の青ばかりなる家居かな

早苗田に映りて風車まはるまはる

夫恋ひの真つ赤な梅を干しにけり

石筍の一つが太し蚊食鳥

言葉なき電話となりぬ稲光

こほろぎの窓閉めてより恐ろしき

手を握る力激しき秋海棠

大花野とり残されてしまひけり

夫に問ふこと一つあるマスカット

蒼空くん誕生

すこやかなふぐり持つ子や秋うらら

マスクして日当る道を歩きけり

葱抜いて闇につながる穴残り

風花や指紋認証くりかへし

川越えて紅梅浄土歩きけり

赤ん坊の眉根をひらく百千鳥

たつぷりと松に水遣るほととぎす

風止んで蚋のまつはる向う脛

立ち給ふ空也上人青嵐

朝涼の経机置く夫の部屋

冷汁の胡麻の香強し雨あがり

羽抜鳥あげたる足を惑はせて

夫に挿す白菊のまだ固蕾

新涼や少し離れて人の顔

あとがき

『自画像』はわたくしの第二句集です。第一句集『虫展』(二〇〇〇年刊行)から二十三年が経っていました。

第一章「青蘆原」の頃は俳句を作ることが好きで楽しくて仕方ありませんでした。「俳句研究」の俳句研究賞に応募したのもこの頃です。応募作が偶々「第一九回俳句研究賞候補作品」として「青蘆原」五十句が誌上に掲載されました。その良き思い出として「青蘆原」十八句を集中に収めました。

しかしその数年後「天の川」の章では大腿骨頭壊死という難病を発症してしまいました。それまで俳句は見える物を詠むものでしたがいつの間にか心の内から生まれるものになっていました。幸い難病は癒え普段の生活を取り戻し旅の句なども作ることが出来ました。

七十七歳を過ぎて水彩画を習い、その課題作品として自画像を描きました。出来上がった自画像で驚いたことは、私の俳句が形を変えてそこにあったからです。皺も歪みも俳句まみれの私の顔でした。自画像はまだ一枚しか描いておりませんが句集名といたしました。作品の合間に描いた小さなスケッチをカットとして使いました。

今思うのは、亡き綾部仁喜先生にこの句集を見ていただきたかったことです。初めから懇切丁寧にご指導いただきましたことを深く感謝いたします。この句集を出すにあたり藤本美和子「泉」主宰に大変お世話になりました。また、「藍の会」の皆さま、親しくして下さった句友の皆さまにお礼を申しあげます。加えて、水彩画の戸田英彰先生にお礼申しあげます。

生前夫と約束をしておりました句集を出版することが出来ましたのは喜びです。

有難うございました。

令和五年十月吉日

長沼利惠子

著者略歴

長沼利恵子（ながぬま・りえこ）旧姓・中臺

昭和十四年二月　千葉県生まれ
昭和五十四年　綾部仁喜に師事
平成六年　泉新人賞受賞
平成七年　泉賞受賞
平成十二年　第一句集『虫展』
現　在　俳人協会会員・「泉」同人
現住所　〒193-0832　東京都八王子市散田町二-五四-一
電　話　〇四二-六六三-二八二二

句集　自画像　じがぞう　泉叢書第一二二篇
二〇二三年一一月四日　初版発行
著　者——長沼利恵子
発行人——山岡喜美子
発行所——ふらんす堂
〒182-0002 東京都調布市仙川町一—一五—三八—二F
電　話——〇三（三三二六）九〇六一　FAX〇三（三三二六）六九一九
ホームページ http://furansudo.com/　E-mail info@furansudo.com
振　替——〇〇一七〇—一—一八四一七三
装　幀——君嶋真理子
印刷所——日本ハイコム㈱
製本所——㈱松　岳　社
定　価——本体二七〇〇円＋税
ISBN978-4-7814-1598-7　C0092　¥2700E